YASMIN

aime peindre

Illustrations de
HATEM ALY
Texte français de
MAGALI BÉNIÈRE

SAADIA FARUQI

SCHOLASTIC

Pour Mariam qui m'a inspirée, et pour
Mubashir qui m'a aidée à trouver les
bons mots — S.F.

Pour ma sœur, Eman, et ses merveilleuses
filles, Jana et Kenzi — H.A.

Catalogage avant publication de Bibliothèque et Archives Canada

Faruqi, Saadia
[Yasmin the painter. Français]
    Yasmin aime peindre / Saadia Faruqi ; illustrations de Hatem Aly ;
texte français de Magali Benière.

Traduction de: Yasmin the painter.
ISBN 978-1-4431-7456-5 (couverture souple)

    I. Aly, Hatem, illustrateur II. Titre. III. Titre : Yasmin the painter. Français

PZ23.F285Yap 2019   j813'.6   C2018-906323-8

Version anglaise publiée initialement par Picture Window Books, une division de
Capstone Global Library Limited, 264 Banbury Road, Oxford, OX2 7DY, R.-U.

Édition publiée par les Éditions Scholastic, 604, rue King Ouest, Toronto (Ontario)
M5V 1E1, avec la permission de Capstone Global Library Limited.

5 4 3 2 1   Imprimé en Chine CP173   19 20 21 22 23

Conception graphique : Aruna Rangarajan
Éléments graphiques : Shutterstock : Art and Fashion

TABLE DES MATIÈRES

CHAPITRE I

L'annonce du concours

Le lundi, pendant la classe d'arts plastiques, Mme Alex annonce :

— Nous ferons un concours d'arts vendredi soir! J'espère que vous vous inscrirez tous. Le gagnant remportera un prix spécial.

Tout le monde est très excité.

Tout le monde, sauf Yasmin. Elle

est inquiète.

Yasmin n'est pas très bonne
en arts plastiques. Ses cercles sont
toujours déformés.

Et ses cœurs ne

ressemblent jamais à

des cœurs.

— Quel est le prix à
gagner? demande Ali.

— C'est une surprise,
répond Mme Alex.

Yasmin fait la grimace.

Le mardi soir, Baba rentre à la maison avec une boîte.

— Yasmin, j'ai un cadeau pour toi! déclare-t-il.

Yasmin descend l'escalier en courant. Qu'est-ce que cela peut bien être? Un nouveau casse-tête? Une trousse de bricolage?

Baba l'aide à ouvrir la boîte.

— Oh! De la peinture! s'écrie Yasmin.

— Oui, pour le concours d'arts de vendredi! dit Baba. Regarde, il y a aussi un chevalet et une toile!

Yasmin fronce le nez. Mais elle remercie Baba et emporte la boîte à l'étage.

CHAPITRE 2

Yasmin fait des dégâts

Le mercredi, après l'école,

Mama montre à Yasmin des vidéos

d'artistes célèbres. Il y a un homme

avec un nœud papillon qui peint

des arbres. Il y a aussi une vieille

dame qui peint des montagnes.

Yasmin pense à son propre tableau.

Elle ne le trouve pas très beau. En fait,

il ne ressemble à rien. Yasmin soupire.

— Je ne serai jamais aussi bonne qu'eux.

— Ce n'est pas grave, *jaan,* dit Mama en souriant. Il faut seulement que tu fasses de ton mieux.

Mais Yasmin ne se sent pas encore prête à peindre.

Le jeudi, Mama lui dit :

— Yasmin, finis tes devoirs

pendant que je prépare le souper.

Yasmin regarde de nouveau la

vidéo de l'homme avec le nœud

papillon. Peindre paraît tellement

facile quand on le voit faire. Elle

décide d'essayer.

Elle installe le chevalet et les

peintures, et essaie de faire comme

lui.

Un arbre, ça
doit être facile à
faire. Non.

Peut-être une

fleur? Non.

Sa peinture ne ressemble pas du
tout à celle de la vidéo. Yasmin tape
du pied tellement elle est frustrée.

Oups! Tout s'est renversé autour

d'elle. Quels dégâts!

C'est alors qu'elle remarque
quelque chose. La peinture jaune a
éclaboussé la partie supérieure de
la toile. Yasmin trouve que la tache
ressemble à un soleil.

Elle éclabousse
la toile avec de la
peinture brune.

Puis elle fait la
même chose avec de
la peinture bleue...

et avec de la
peinture verte.

Bientôt, l'idée de
Yasmin prend forme.

CHAPITRE 3

Le grand jour

Le vendredi soir, Mama et Baba arrivent à l'école avec Yasmin. C'est bizarre et excitant d'aller à l'école le soir!

Mme Alex a décoré la cafétéria avec des ballons.

— Bienvenue les enfants! dit-elle

joyeusement. J'ai hâte de voir vos
créations!

Yasmin ressent une étrange
sensation dans son ventre, comme
si des centaines de bulles de boisson
gazeuse éclataient.

Le directeur de l'école, M. Nguyen,
est le juge. Il examine les montagnes
peintes par Ali et le ballon de
basket peint par Emma. Il étudie
attentivement tous les travaux.

Yasmin fait semblant de boire son jus de fruits. Mama pose la main sur son épaule.

— Ne t'inquiète pas, dit-elle, ta peinture est très belle.

Enfin, M. Nguyen prend le microphone.

— La gagnante du concours est... Yasmin Ahmad!

Yasmin a du mal à y croire. Sa

peinture d'un pré ensoleillé a gagné!

Mais… quel est donc le prix

mystérieux qu'elle a remporté?

Un homme entre dans la cafétéria. C'est le peintre des vidéos!

— Yasmin, je suis ravi de te rencontrer, dit-il. Pour te récompenser, je vais te donner des cours de peinture la semaine prochaine.

— Merci! dit Yasmin. Mais je vous préviens, je vais sûrement faire des dégâts!

L'artiste éclate de rire et dit :

— Ne t'inquiète pas, moi aussi!

Et toi, que ferais-tu?

* Yasmin ne pense pas être une bonne artiste. Pourquoi? Si Yasmin était ton amie, que lui dirais-tu?

* Quels sont tes talents? Quels talents aimerais-tu avoir? De quelles façons pourrais-tu t'améliorer?

* Certains accidents sont malheureux, mais d'autres sont heureux! La peinture de Yasmin a commencé par un heureux accident. Et toi, as-tu déjà fait quelque chose qui a mal commencé, mais qui s'est quand même bien terminé?

Apprends l'ourdou avec Yasmin!

La famille de Yasmin parle ourdou. L'ourdou est une langue du Pakistan. Peut-être que tu connais déjà des mots en ourdou!

baba (ba-ba) – papa

hijab (hi-jab) – foulard qui couvre les cheveux

jaan (jane) – ma vie; surnom donné à quelqu'un qu'on aime beaucoup

kameez (ka-mize) – longue tunique ou chemise

mama (ma-ma) – maman

naan (nane) – pain plat cuit dans un four

nana (na-na) – grand-père (maternel)

nani (na-ni) – grand-mère (maternelle)

salaam (sa-lame) – bonjour

sari (sa-ri) – robe portée par les femmes en Asie du Sud

Faits intéressants sur le Pakistan

Yasmin et les membres de sa famille sont fiers d'être pakistanais. Yasmin aime partager des informations sur le Pakistan.

Situation géographique

Le Pakistan fait partie de l'Asie. Il est bordé par l'Inde d'un côté et par l'Afghanistan de l'autre.

Islamabad

PAKISTAN

Capitale

Islamabad est la capitale du Pakistan, mais c'est Karachi la plus grande ville.

Sports

Le Pakistan est le plus grand producteur de ballons de soccer faits à la main au monde.

Nature

La plus longue rivière du Pakistan est l'Indus. Un type de dauphin très rare y vit.

Fabrique un signet fleuri

MATÉRIEL :

- page cartonnée blanche
- ciseaux
- règle
- crayon à mine
- crayons de couleur

ÉTAPES :

1. À l'aide d'une règle et d'un crayon à mine, trace un rectangle de 5 cm de large et de 15 cm de long. Découpe-le.

2. Sur une autre feuille de papier, exerce-toi à dessiner des fleurs en suivant les étapes suivantes.

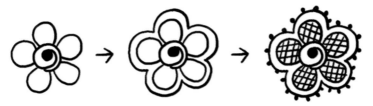

3. Dessine trois ou quatre fleurs sur ton signet, selon la taille de tes dessins.

4. Amuse-toi à colorier ton signet!

Saadia Faruqi est une auteure américaine d'origine pakistanaise. Activiste interconfessionnelle et formatrice en sensibilisation aux réalités culturelles, elle a déjà été mentionnée dans *The Oprah Magazine*. Elle est l'auteure de la série de nouvelles pour adultes *Brick Walls: Tales of Hope & Courage from Pakistan*. Ses essais ont été publiés dans le *Huffington Post, Upworthy*, et *NBC Asian America*. Elle vit à Houston, au Texas, avec son mari et ses enfants.

Hatem Aly est un illustrateur d'origine égyptienne. Son travail a été présenté dans de nombreuses publications à travers le monde. Il vit actuellement dans la belle province du Nouveau-Brunswick, au Canada, avec son épouse, son fils et plus d'animaux de compagnie que de gens. En général, lorsqu'il n'est pas occupé à tremper des biscuits dans sa tasse de thé ou à regarder fixement une feuille blanche, il dessine. L'un des livres qu'il a illustrés, *The Inquisitor's Tale* d'Adam Gidwitz, a remporté un Newbery Honor et d'autres prix, malgré les dessins d'un dragon qui pète, d'un chat à deux têtes et d'un fromage qui pue.

Retrouve Yasmin
dans d'autres aventures!

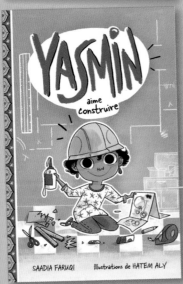